銀髮川柳6

健忘的日子，每一天都格外新鮮

シシルバー川柳9　ブログよりコンロ炎上気をつける

統籌者／日本公益社團法人全國自費老人之家協會
編者／POPLAR社　繪者／古谷充子

suncolor 三采文化

銀色／銀髮族

【シルバー（silver）】

含飴弄孫篇

隨著雙薪家庭的增加、托育機構的不足，越來越多的祖父母開始協助撫養孫子女。根據日本第一生命保險公司於二〇一五年，針對一千名年齡介於五十五至七十四歲民眾的調查顯示，其中約八〇％受訪者表示「育兒責任應由父母親自承擔」，但同時，也有超過七〇％的受訪者表示「會協助兒女照顧孫輩」。孫子女是銀髮川柳中常見的重要主題，不少作品感嘆「帶孫好累」，反映出銀髮族面對活潑可愛的孫兒時，感受到純粹的喜悅，也感受到體力與經濟面上的壓力。

閒得發慌
就連「是我啦」的詐騙電話
都想接起來聊聊了

笑爺／男性／神奈川縣／七十三歲／無業

不小心失言
後果很要命
就算在家也一樣

多福／男性／和歌山縣／六十四歲／無業

喜迎長孫後
一天到晚往女兒家跑
得買月票了

長瀨博／男性／東京都／六十八歲／上班族

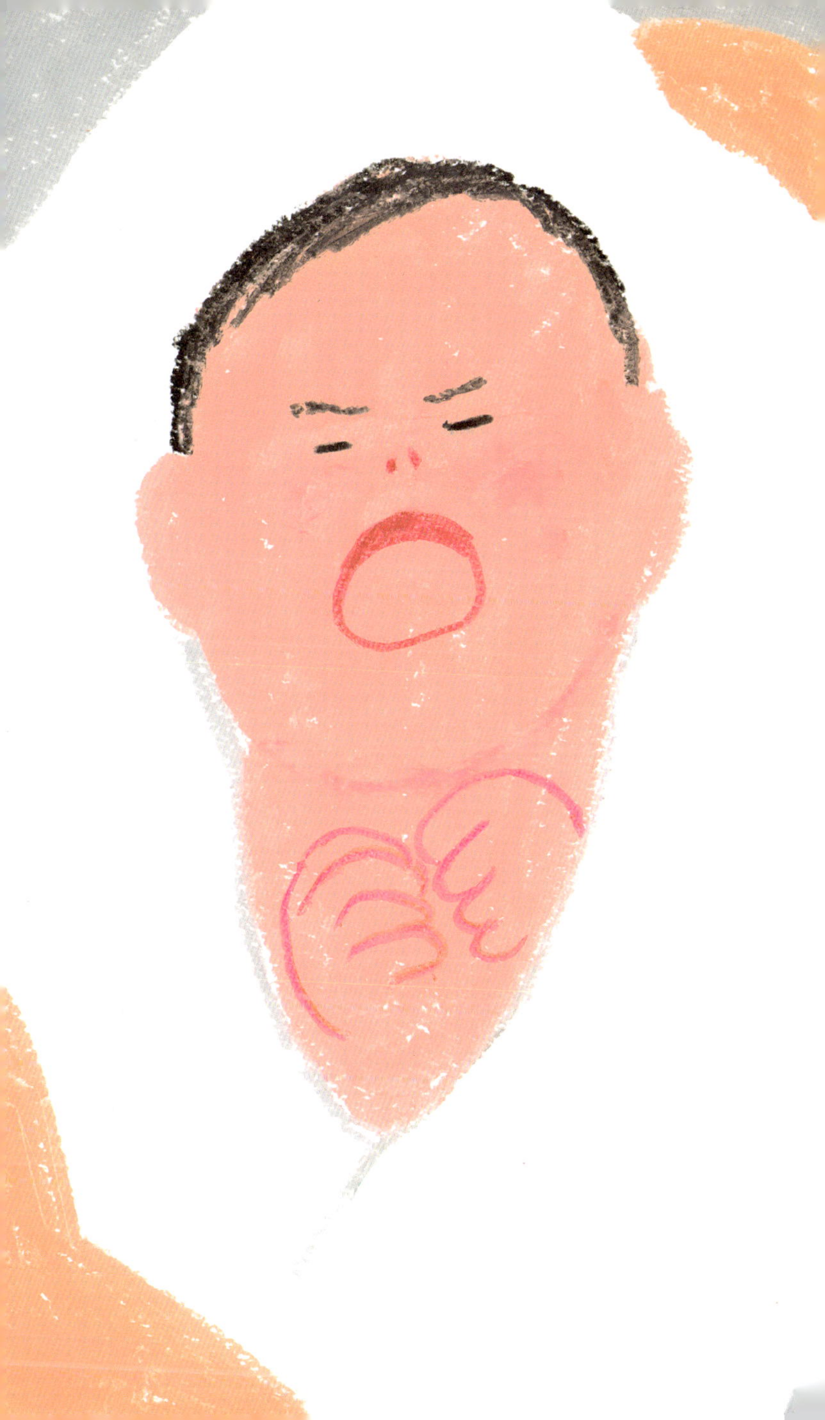

肌肉不會背叛你
一直到了老後
才懂這個道理

燒烤味／女性／廣島縣／六十七歲／家庭主婦

再怎麼裝年輕
談話間說的
仍是昭和年間的話題*

多川義一／男性／兵庫縣／七十九歲／無業

*編按：指西元一九二六年～一九八九年。

真想要擁有
銀髮族的標準銀髮
但早已禿光了

得能義孝／男性／廣島縣／七十六歲／無業

拍賣網站上
沒有人想買
我的二手衣

角森玲子／女性／島根縣／五十一歲／自雇者

玩完水之後
手變得和爺爺一樣
皺巴巴的

田村友理奈／女性／東京都／四歲／幼稚園學生

妻子不斷要求我
生前退位
壓力真是大

脇本英成／男性／兵庫縣／六一八歲／兼職

聽到「無現金支付」
老人家們都
心慌慌

橫山洋子／女性／靜岡縣／七十九歲／無業

發呆到一半
突然被電視裡
提高的音量給罵醒

津田綾子／女性／東京都／五十六歲／家庭主婦

那些當年勇的故事
就連我自己都忘記
哪些是真的了

靈活爺爺／男性／滋賀縣／六十六歲／無業

醫生問我話時
老婆總是
搶著先回答

安本單／男性／靜岡縣／六十八歲／講師

老人遊蕩路線
漫無目的
AI也要被搞瘋

莊子隆／男性／宮崎縣／六十七歲／上班族

努力嘗試自助結帳
最後還是得
請出真人店員幫忙

中川潔／男性／福井縣／五十四歲／上班族

相親時的致勝金句

「我會照顧你直到最後一刻」

大塚初子／女性／千葉縣／六十六歲／民間協會員工

教導爺爺使用
智慧型手機的孫子
今年才五歲

春瑠／女性／東京都／六十九歲／家庭主婦

趁老伴不在家
偷偷把她的枕頭
當成坐墊坐

鈴木富士夫／男性／埼玉縣／六十九歲／自雇者

不是已讀不回
是我還在和手機鍵盤
艱難戰鬥

福永敬子／女性／北海道／五十二歲／上班族

撐過四個年號*
好不容易能慶祝
九十九歲的「白壽」

山田祐四郎／男性／千葉縣／九十七歲／無業

*譯者按：指人生橫跨明治、昭和、平成、令和四個年號／時代。

網路「炎上」沒什麼
家裡爐火「炎上」
才需要當心

鍬田美奈子／女性／熊本縣／六十五歲／家庭主婦

在醫院候診
和常見的面孔打招呼
確認我們都安好

小野孝子／女性／茨城縣／四十七歲／兼職

「日走萬步很好喔！」
把老公勸出門後
家裡就清靜了

原理惠子／女性／大阪府／五十七歲／家庭主婦

賞花時卡位！
美景雖好
距離廁所近絕對更重要

三郎／男性／千葉縣／六十八歲／無業

每次踉蹌絆跤
我都說是
桌子椅子的錯

原田祥二郎／男性／福岡縣／七十六歲／無業

嘿咻！
終於站起來了！
忘了要做什麼了！

西田勳／男性／北海道／八十一歲／無業

把身後事都
安排妥當後
日子無聊了起來

富士宮老爺爺／男性／靜岡縣／八十歲／無業

咬合不正後
嚼東西的時間
越來越長了

近藤真里子／女性／東京都／五十六歲／兼職

老媽不時的
「哎就是那個啦」
有夠難猜

堀田薰／女性／神奈川縣／三十歲／自雇者

出門散步前
被一再提醒
「不要忘記回來的路」

鈴木富士夫／男性／埼玉縣／六十八歲／自雇者

還沒幹出一番成就啊
人生竟然就這樣
走向尾聲了

吉田耕一／男性／長崎縣／七十七歲／無業

我的大腦
就和政客一樣
「這件事不存在於我的記憶中*」

足立忠弘／男性／東京都／七十九歲／無業

*譯者按：日本政界人物面對質詢時，經常用來敷衍、規避責任的台詞。

既要接受大腦訓練
又要帶孫子寫作業
真的沒問題嗎？

橫手敏夫／男性／埼玉縣／六十四歲／上班族

國定連假已經
和我沒關係了
畢竟每天都放假

佐藤和志／男性／山形縣／六十七歲／無業

給丈夫的
腦力和體力訓練
「去幫我拿那個」

大平輝美／女性／東京都／七十三歲／家庭主婦

老老照顧
在不久的未來
一定滿街都是

陶山義仁／男性／山口縣／八十七歲／無業

送貨員的那句「包裹呦*」總是令人困擾

原隼／男性／大阪府／七十九歲／無業

*譯者按：日文中的「包裹」（お荷物），又可翻譯為「沉重的負擔」，因此本句亦可解讀為「您是大家的負擔」，讓作者聽來不快。

做太多伸展
把肌肉拉傷了
於是去針灸

坂本義教／男性／德島縣／六十歲／翻譯業

最愛的庭院
在我死掉之後
會變成停車場吧

角森玲子／女性／島根縣／五十歲／自雇者

貓靜靜忍耐著
等我把話又
重複說了一遍

痛風／男性／宮城縣／五十九歲／無業

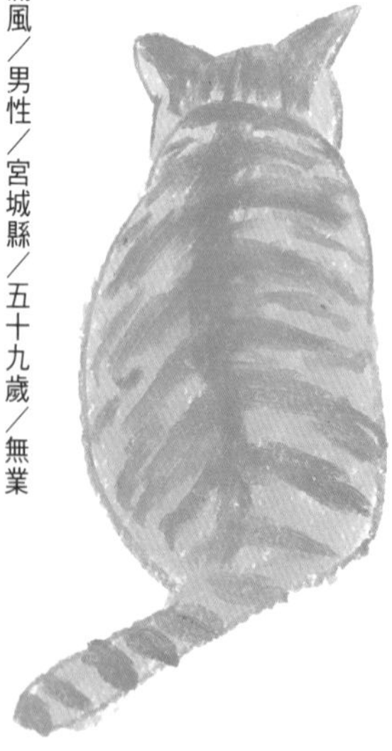

大掃除中的太太
斜著眼
瞟了我一下

一色美希／女性／大阪府／三十歲／上班族

口中「前陣子」
發生的時間點
已是半世紀前

宮之文／女性／栃木縣／四十六歲／上班族

43°
43
自動
運転

家電嗶嗶叫
到底是誰啦
請舉手好嗎

小葵／女性／東京都／四十五歲／無業

到了這年紀得明白
有些事就是不可能
例如生髮劑

阿部／男性／茨城縣／七十一歲／上班族

健走俱樂部
聊天的時間
比走路還多

信太英治／男性／東京都／六十三歲／無業

老爸走路顫顫巍巍
字跡卻還是
端正到不行

高戶仁美／女性／熊本縣／三十一歲／上班族

老年人之中
也有分初老、中老、老老
很多派別

白石大介／男性／群馬縣／四十六歲／照服員

壁櫥裡面
堆滿的各種雜物
簡直像地質分層

春瑠／女性／東京都／六十九歲／家庭主婦

救護車嘛
我坐過好幾遍呢
得意地說著

蓮見博／男性／栃木縣／六十六歲／無業

不小心睡著了
就這樣錯過
連續劇的大結局

遠藤惠子／女性／埼玉縣／七十四歲／家庭主婦

關於我的過去
隨心所欲改編也
不會有人知道

林勳／男性／東京都

就連聽眾也
完全沒發現
我早就講過這故事了

天美／女性／埼玉縣／四十九歲／無業

狗狗對著
難得素顏的太太
狂吠不止

小野隆夫／男性／大阪府／七十八歲／無業

退休之後
每天通勤的地點
變成了醫院

小林一雄／男性／東京都／六十八歲／上班族

是誰掉了錢包呢
仔細檢查之後
發現是自己的

中西克己／男性／京都府／九十四歲／無業

遍尋名醫
家屬焦頭爛額
阿嬤只要帥的

山下奈美／女性／靜岡縣／四十五歲／自雇者

「好久不見哪」
這人是誰呢？
完全沒印象

橫山美智子／女性／愛知縣／三十四歲／家庭主婦

老人協會的大家
可不是在跳慢舞
只是互相攙扶

北鎌倉人／男性／神奈川縣／五十六歲／自雇者

帶老媽去
看醫生的路上
我卻忘記怎麼走了

早乙女雅行／男性／神奈川縣／六十八歲／無業

居然要我用
屁股說說話*？
抱歉我可辦不到

手機初學者／女性／東京都／六十六歲／無業

*譯者按：日文中的「Siri」和「屁股」同音。

試著做了
養生健康操
結果閃到腰

岩田早希子／女性／愛知縣／三十六歲／自由業

爺爺散步時
總是跟在
奶奶後方三步的距離*

田村淳子／女性／新潟縣／七十二歲／家庭主婦

*譯者按：日本文化中延續自江戶時代的傳統，男女在外行走時，女性通常走在男性三步之後。但在此川柳中，男女的位置已互換。

就算不戴VR眼鏡
目光所及處
已是滿滿的蚊子

啾助／女性／大阪府／四十四歲／家庭主婦

知道會有遺產後
女兒第一次
沏了茶給我喝

天氣爺爺／男性／東京都／三十三歲／上班族

被作為「新人」介紹時
用盡全力挺直了
年近古稀的腰

步美／女性／靜岡縣／六十八歲／無業

凡事懂得適時抽身
很重要啊
一百零五歲的社長說

中川潔／男性／福井縣／五十三歲／上班族

太太把
爺爺的茶杯
拿來泡香菇

哥吉八／男性／東京都／七十一歲／無業

老夫老妻一起
絞盡腦汁
終於想起藝人的名字

佐佐木綾子／女性／大阪府／七十六歲／家庭主婦

都九十歲了
才不在乎什麼
有效期限呢

杉田一男／男性／神奈川縣／九十四歲／無業

電話響起
好不容易快走到
就掛斷了

馬鞭草／女性／熊本縣／八十二歲／無業

去泡溫泉時
專心欣賞
帥哥毛茸茸的腿

日野貴美子／女性／千葉縣／一百零五歲

去校門口站導護
我保護的孩子們
也保護著我

中年鉤吻鮭／男性／神奈川縣／七十一歲／無業

白天的時候
奶奶總愛在健身房裡
過日子

田崎信／男性／東京都／七十一歲／無業

老夫老妻兩人
都叨唸對方
記憶力越來越差

白川圭子／女性／靜岡縣／六十三歲／家庭主婦

「真是美麗呀」
不是對妻子說
我只對花說

小橋辰夫／男性／岡山縣／四十一歲／家庭主夫

牙刷也好
梳子也罷
全都用不到了

井堀賢一／男性／奈良縣／六十九歲／無業

真是懷念
小便時還有
拋物線的時候

武藏／男性／群馬縣／六十四歲／無業

你的名字是？
唉呀真不好意思
剛才好像問過了

多福／男性／和歌山縣／六十三歲／無業

寫好的遺書
被太太檢查後
改得滿江紅

燒烤味／女性／廣島縣／六十六歲／家庭主婦

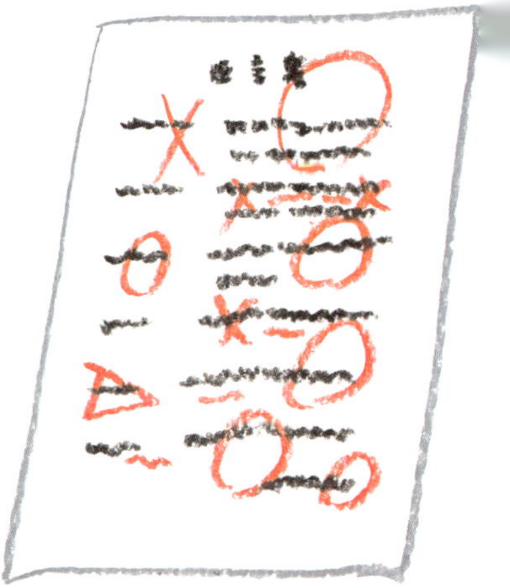

兩個孫兒分別忙
情場和職場
我則忙人生最終場

岸一生／男性／大阪府／六十七歲／團體雇員

一個顫顫巍巍
牽著另一個步履蹣跚
緩緩前行

飯田一生／男性／京都府／七十七歲／無業

就連作夢時
都一直在尿急
瘋狂找廁所

呱呱／男性／大阪府／七十歲／無業

今天的詐騙電話
好像是新人哦
趕快和大家說一下

早紀／女性／愛知縣／七十歲／無業

妻子的抱怨
越是洶湧
冥想的境界就越高

上村惠美／女性／神奈川縣／年過四十／上班族

想問問櫻花
何時開始會凋謝
我的餘生剩多少

山本智志／男性／廣島縣／七十八歲／無業

患上老花後
目光所及之人
都變成了美人

下光哲二／男性／廣島縣／六十歲／農業

八十八歲生日時
檢查我的生命線
還在不在

傳田不二男／男性／東京都／八十一歲／
居酒屋老闆

健忘的日子
每一天都
格外新鮮

杉浦理惠子／女性／愛知縣／三十九歲

結語

用歡笑化開煩惱，變老沒什麼不好

「和朋友們聚會時，一起打開這本書，瞬間大家都打從心底笑了出來。更讓人覺得，變老也沒什麼不好，好像可以開心去面對。」

「孫子買了這本書當我的生日禮物。我想，這一定是希望奶奶能長壽的意思吧！」

「送了這本書給爸爸。原本他因爲住院很消沉，現在都有了笑容，我也很開心。」

——承蒙各位讀者的支持，《銀髮川柳》系列得以持續出版，衷心感謝大家！

「銀髮川柳」是由公益社團法人全國自費老人之家協會主辦，自二〇〇一年開始，每年舉辦的川柳作品公開徵集活動，希望透過平易近人的川柳創作，讓社會大眾以正面的態度看待老後生活，並懂得樂在其中。截至二〇一九年爲止，協會已收到超過十八萬首作品來稿。

二〇一九年第十九屆活動，共募集到八千七百九十三首來稿。投稿者的平均年齡爲

六十七．七歲，最高齡的投稿者爲九十七歲，最年輕的則是一名四歲的女孩。該年度投稿者性別比例爲男性五八．五％、女性四一．一％，與前一年相比，本次男性投稿者的比例略有增加。

本書共收錄了第十九屆投稿活動的入選作品二十首，以及其他六十八首精彩佳作。此外，本書也一如既往由古谷充子女士負責插畫，她的繪作讓這些詼諧的句子更添魅力，讓整體更加生動。

創作題材上，該年度最常被提及的主題爲「家人」（包括子女、孫子女、兄弟姐妹與寵物等），其次則是「健忘與年齡增長帶來的誤會」，以及「外貌、體力、智力的衰退」。此外，夫妻關係也與往年一樣，仍是不少作品描繪的重要主題。

川柳的一大特色，便是能將時事話題融入其中。二〇一九年，因日本改元（年號更改）的影響，「新年號」、「令和」、「生前退位」相關的川柳創作大量湧現。其中包括入選作品「撐過四個年號／好不容易能慶祝／九十九歲的『白壽』」便是出自該屆來稿最高齡的九十七歲男性作者。此外，「ＡＩ」（人工智慧）等時事關鍵詞，也頻繁出現在投稿作品中。

該年作品包含經典主題如：「那些當年勇的故事／就連我自己都忘記／哪些是真的了」（六十六歲，男性）、「醫生問我話時／老婆總是／搶著先回答」（六十八歲，男性）；與此同時也描繪了時下生活趨勢，如：「聽到『無現金支付』／老人家們都／心慌慌」（七十九歲，女性）、「努力嘗試自助結帳／最後還是得／請出真人店員幫忙」（五十四歲，男性）等，使本屆入圍作品別具特色。

誠摯希望讀者們，能以積極的心態面對老化。且讓本書與各位的憂慮與不安共鳴，並讓本書的幽默，帶各位用歡笑化開煩惱，每一天都更愉快一些。如果這本書能成爲大家的活力泉源，將會是我們無上的喜悅。

最後，我們想藉本書發行之際，對那些欣然同意將自己作品收錄進書中的作者們，表示衷心的感謝。

日本公益社團法人全國自費老人之家協會

POPLAR 社編輯部

本書內容，是由全國自費老人之家協會主辦的「銀髮川柳」活動的入圍作品和投稿作品收錄而來。

其中包括：第十九屆入圍作品，以及第十八屆投稿的優秀作品。

- 入圍作品部分，是由全國自費老人之家協會選出；投稿優秀作品則是POPLAR社編輯部精選收錄。
- 其中作者的姓名／筆名、年齡、職業、地址等資訊，均按投稿時的資訊為準。

統籌者介紹：

日本公益社團法人全國自費老人之家協會

成立於一九八二年，旨在照顧自費養老院的使用者，並促進長照、養老領域的健全發展。該協會的運營範圍相當廣，包括入住諮詢、業者經營支援、入住者基金管理、員工培訓等多個方面，並獲得日本厚生勞動省的認可。

「銀髮川柳」為該協會主辦，自二〇〇一年起每年舉辦的短詩徵集活動。只要是與高齡化社會、高齡者的日常生活相關，題材、申請資格皆無任何限制。為反映日本步入超高齡社會，並為銀髮世代發聲的獨特活動。

國家圖書館出版品預行編目資料

銀髮川柳 6：健忘的日子，每一天都格外新鮮 / 日本公益社團法人全國自費老人之家協會編，古谷充子繪；洪安如譯．-- 臺北市：三采文化股份有限公司，2025.05
面；　公分．-- (Mind map；292)
ISBN 978-626-358-637-6(平裝)

861.51　　114002013

Mind Map 292

銀髮川柳 6：

健忘的日子，每一天都格外新鮮

統籌者｜日本公益社團法人全國自費老人之家協會
編者｜ POPLAR 社　譯者｜洪安如　繪者｜古谷充子
編輯三部副總編輯｜喬郁珊　責任編輯｜楊皓　版權選書｜劉契妙
美術主編｜藍秀婷　封面設計｜莊馥如　內頁編排｜鄧荃
行銷協理｜張育珊　行銷企劃｜陳穎姿

發行人｜張輝明　總編輯長｜曾雅青　發行所｜三采文化股份有限公司
地址｜台北市內湖區瑞光路 513 巷 33 號 8 樓
傳訊｜TEL: (02) 8797-1234　FAX: (02) 8797-1688　網址｜www.suncolor.com.tw
郵政劃撥｜帳號：14319060　戶名：三采文化股份有限公司
本版發行｜2025 年 5 月 2 日　定價｜NT$250

編註：川柳由日文翻譯為中文後，為精準呈現出句意中的詼諧幽默，並未拘泥於「5、7、5」字數格式。